1/10

W9-BNX-446

FÁBULAS
DE
ESOPO

Seleccionadas e ilustradas por

Michael Hague

everest

Colección dirigida por Raquel López Varela

Título original: *Aesop's Fables*
Traducción: María Luz Castela Gil-Toresano

OCTAVA EDICIÓN

© de la edición original 1985, Henry Holt and Company
© EDITORIAL EVEREST, S. A.
Carretera León-La Coruña, km 5 - LEÓN
ISBN: 978-84-241-3346-7
Depósito legal: LE. 998-2008
Printed in Spain - Impreso en España

EDITORIAL EVERGRÁFICAS, S. L.
Carretera León-La Coruña, km 5
LEÓN (España)
www.everest.es
Atención al cliente: 902 123 400

Índice

El Ratón de Ciudad
y el Ratón de Campo

Érase una vez un ratón de ciudad que fue a visitar a un viejo amigo que vivía en el campo. El ratón de campo era sencillo y bondadoso, y recibió con alegría la llegada del ratón de ciudad a su casa.

Todo lo que tenía el ratón de campo para ofrecerle era tocino, judías, pan y queso, y se lo ofreció con generosidad. El ratón de ciudad hizo una mueca de desprecio ante la comida que le ofrecía y dijo:

—No comprendo cómo puedes aguantar la simpleza de la vida en el campo. No es posible que prefieras los bosques y campos a las calles llenas de carruajes y de gente. Ven conmigo y te enseñaré cómo es mi vida.

El ratón de campo accedió y emprendieron juntos el camino de vuelta a la ciudad esa misma tarde.

La noche estaba ya muy avanzada cuando los dos ratones entraron de puntillas en la gran casa en la que vivía el ratón de ciudad.

—Te apetecerá algún refrigerio después de un viaje tan largo —dijo el ratón de ciudad mientras guiaba a su amigo hacia un gran comedor.

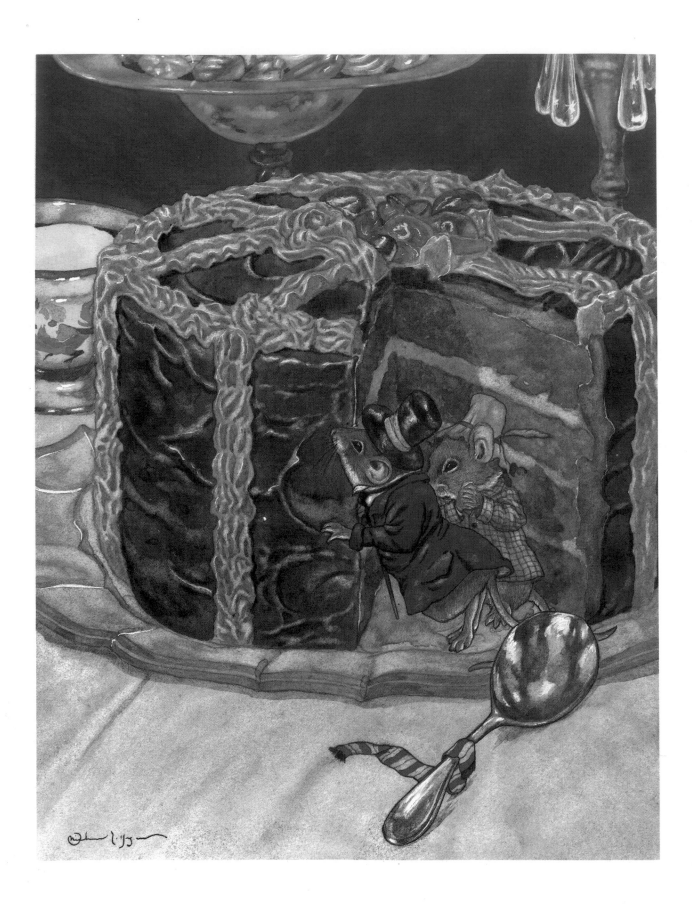

En una mesa enorme, situada en el centro de la habitación, encontraron los restos de un suculento banquete. Al instante, los dos ratones empezaron a comer excelentes carnes, quesos selectos y deliciosas tartas.

En mitad del festín, la puerta se abrió de par en par y entró un grupo de hombres y mujeres. Los ratones, aterrorizados, saltaron de la mesa y se precipitaron hacia el escondite más cercano. Los dos amigos se abrazaron fuertemente, llenos de miedo, hasta que los invitados se marcharon. Tan pronto como salieron de su refugio, el ladrido de un gran perro los condujo otra vez a su escondite, mucho más aterrados que antes.

Cuando por fin la casa estuvo en calma, el ratón de campo salió con mucho cuidado de su escondite. Y despidiéndose del ratón de ciudad, le dijo:

—Puede que a ti te guste esta vida, pero yo prefiero judías y tocino en paz antes que pasteles y quesos con miedo.

Una vida sencilla en paz y tranquilidad es mejor
que una vida de riquezas llena de sobresaltos e inseguridad.

El León y el Ratón

Un feroz león dormía en su guarida cuando lo despertó un diminuto ratón que corría por su cuerpo. El león atrapó a la asustada criatura con sus enormes garras y abrió la boca para tragárselo.

—¡Por favor, oh, Rey! —suplicó el ratoncito—. Perdonadme la vida esta vez y jamás olvidaré vuestra bondad. Es posible que algún día pueda corresponderos.

Al león le hizo tanta gracia esta idea que dejó marchar a la pobre criatura.

Algún tiempo más tarde, el león cayó en una trampa preparada por unos astutos cazadores. A pesar de su gran fuerza, no podía liberarse. Pronto el bosque retumbaba con sus enfurecidos rugidos.

El ratoncito oyó al león y corrió a ver qué le pasaba. Tan pronto como vio al león, empezó a roer las cuerdas y en poco tiempo lo liberó.

—¡Ya está! —dijo el ratón, todo orgulloso—. Os reísteis cuando os dije que correspondería a vuestra bondad, pero ya veis que incluso un diminuto ratón puede ayudar a un poderoso león.

No menospreciemos a los más débiles, pues podemos sorprendernos de lo que son capaces de hacer.

El Zorro y la Cabra

Un zorro se había caído a un pozo del que no podía salir. Pasado un tiempo, una cabra sedienta pasó por allí y le preguntó al zorro si el agua era buena.

—¿Buena? —repitió el zorro—. Es la mejor agua que he bebido en toda mi vida. Baja y pruébala tú misma.

La cabra tenía tanta sed que enseguida saltó dentro del pozo. Inmediatamente, el astuto zorro se subió al lomo de la cabra y, apoyando sus patas sobre sus largos cuernos, logró salir del pozo.

—Adiós, amiga mía —dijo el zorro mientras se alejaba—. Si hubieras tenido un poco de sensatez, no habrías saltado dentro del pozo sin asegurarte antes de que podrías salir.

Asegúrate antes de dar un paso.

El Gato y los Pájaros

Un gato oyó que los pájaros de un aviario estaban enfermos, así que se disfrazó de médico y, llevando con él un maletín lleno de instrumentos propios de esta profesión, llamó a la puerta para preguntar por la salud de los pájaros.

—Nos sentiremos mucho mejor —contestaron los pájaros sin dejarlo entrar— cuando te veamos marchar.

No aparentes lo que no eres, porque a nadie vas a engañar.

El Cuervo y la Jarra

Un cuervo sediento se acercó a una jarra que contenía agua cristalina y fresca. El cuervo intentó beber, pero su pico no era lo suficientemente largo como para llegar al agua. Lo intentó una y otra vez, y cuando estaba a punto de darse por vencido, se le ocurrió un plan.

Una a una, empezó a tirar piedrecitas en la jarra. Con cada piedrecita el agua subía de nivel, hasta que llegó al borde, y así el ingenioso pájaro pudo saciar su sed.

La necesidad es la madre del ingenio.

Los Ratones Reunidos en Consejo

Hace mucho tiempo los ratones se reunieron en consejo para considerar qué medidas podrían tomar para burlar a su enemigo común, el gato. Discutieron y rechazaron muchos planes hasta que por fin un joven ratón se puso en pie y dijo:

—Creo que tengo un plan que garantizará nuestra seguridad. Estaréis todos de acuerdo en que nuestro mayor peligro es que no nos damos cuenta de la presencia del gato por el modo tan callado y sigiloso en que se nos acerca. Así pues, propongo que se coloque un pequeño cascabel alrededor de su cuello. De esta forma, siempre sabremos cuándo se nos acerca el gato.

Este plan fue calurosamente aplaudido, hasta que un viejo y sabio ratón se levantó y dijo:

—Estoy de acuerdo con todo el mundo en que el plan es muy ingenioso, pero… ¿quién va a poner el cascabel al gato?

Siempre debemos buscar soluciones posibles.

La Boda del Sol

Un verano muy caluroso, los animales se enteraron de que el Sol iba a casarse. Todos los pájaros y animalillos del bosque se alegraron mucho al oír la noticia. Las ranas, más que nadie, estaban decididas a celebrar la ocasión con un festival de cante y baile. Pero una vieja y sabia rana puso fin a la alegría, señalando que era una ocasión para estar tristes, más que para estar contentos.

—Si el Sol nos seca ahora nuestros apreciados pantanos —dijo la rana—, ¿qué ocurrirá cuando tenga hijos?

Aun las cosas buenas, en exceso, pueden ser perjudiciales.

La Liebre y la Tortuga

Un día una liebre muy rápida se estaba burlando de una tortuga muy lenta. Para gran sorpresa de la liebre, la tortuga se echó a reír.

—Te desafío a una carrera —dijo la tortuga— y apuesto a que ganaré.

—Muy bien —dijo la liebre—. Iré bailando a tu alrededor todo el camino.

Decidieron que el zorro marcara el recorrido y fuera el juez. La carrera comenzó y la liebre corrió con tal rapidez que pronto dejó atrás a la tortuga. Cuando la liebre llegó a la mitad del recorrido, decidió echar una siestecilla.

Mientras la liebre dormía, la tortuga avanzaba lentamente hacia la meta. Al despertar, se sorprendió de no poder divisar a la tortuga. Echó a correr hacia la meta tan rápidamente como pudo y, al llegar, se asombró al encontrar a la tortuga esperándola con una sonrisa en la cara.

La constancia todo lo vence.

El Lobo y el Cabrito

Un día un cabritillo regresaba de pastar, cuando un lobo lo vio. Éste empezó a perseguir al indefenso cabritillo, que pronto se dio cuenta de que no tenía escapatoria. El cabritillo dejó de correr y cuando el lobo se le acercó, le dijo:

—Sé, señor lobo, que ahora soy su presa. Pero si mi vida debe ser breve, quiero que sea feliz. ¿Querría tocar una alegre melodía para que así pueda bailar antes de morir?

El lobo sacó su pequeña flauta y tocó una melodía mientras el cabritillo bailaba sobre sus dos patas traseras. A través de los campos, los perros oyeron la música y corrieron a ver qué pasaba. Al ver a los perros, el ingenuo lobo se marchó corriendo tan rápido como sus patas se lo permitieron, dejando atrás al cabritillo.

Si actúas con demasiada ingenuidad,
puedes perder una buena oportunidad.

La Zorra y las Uvas

Un caluroso día de verano, una zorra pascaba por una huerta cuando vio en una parra, que estaba enredada en una rama muy alta, un racimo de uvas maduras.

"Justo lo que necesito para apagar mi sed", pensó la zorra.

Volviendo atrás unos pasos, dio un gran salto, pero falló y no logró alcanzar las uvas. De nuevo saltó con todas sus fuerzas, pero no lo consiguió. Una y otra vez intentó alcanzar las sabrosas uvas. Finalmente se sintió tan acalorada y tan cansada que dejó de intentarlo. Al alejarse, olfateando el aire, comentó:

—No quiero las uvas, seguro que están ácidas.

Es muy fácil despreciar lo que no se puede conseguir.

El Asno con Piel de León

Una vez un asno encontró la piel de un león que unos cazadores habían dejado a secar al sol. Se la puso y se paseó por todo el bosque y la pradera, asustando a todos los pobres animalitos.

El asno se sentía tan orgulloso de sí mismo que levantó la cabeza y rebuznó con fuerza como señal de triunfo. Pero un zorro lo oyó y lo reconoció enseguida.

—Lo siento mucho, amigo mío —dijo el zorro—, pero aunque pretendas ser un león, todavía eres un asno.

No aparentes ser algo que en realidad no eres.

La Zorra y el Cuervo

Un gran cuervo negro estaba sentado en la rama de un árbol con un trozo de queso en su pico, cuando una zorra hambrienta lo vio.

La zorra se acercó al árbol, miró hacia el cuervo y dijo:

—¡Qué pájaro tan espléndido eres! Tu belleza no tiene igual y el color de tus plumas es exquisito. Si tu voz es tan dulce como tu apariencia, creo que eres el Rey de los pájaros.

El cuervo se sintió muy halagado por los cumplidos de la zorra, y para demostrarle que podía cantar, abrió la boca y graznó. Por abrir el pico, el queso cayó al suelo, de donde la astuta zorra lo recogió con rapidez.

No te fíes de quienes te halagan,
pues no siempre son sinceros.

El Gallo y la Joya

Una vez un gallo se pavoneaba de acá para allá en el corral, buscando comida para las gallinas, cuando vio una piedra preciosa que brillaba en la tierra.

—¡Eh! ¡Oye! —dijo el gallo—. Puedes ser un tesoro para los hombres que te saben valorar, pero yo preferiría un grano de deliciosa cebada a todas las joyas del mundo.

El valor de las cosas depende de la importancia
que para cada uno tiene.